I0686393

LA

SATIRE DU SIÈCLE

———

I

PARIS MATIÈRE

OUVRAGES DE Mme LOUISE COLET

LIBRAIRIE MICHEL LÉVY

LUI, roman contemporain (5e édition).
QUARANTE LETTRES DE BÉRANGER.
Quatre poèmes couronnés par l'Académie française.

Pour paraître prochainement :

CYBÈLE, roman contemporain.

LIBRAIRIE DENTU

L'ITALIE DES ITALIENS, 4 vol.
LES DERNIERS MARQUIS, 1 vol.

Pour paraître d'ici à quelques jours :

LES DERNIERS ABBÉS, 1 vol.

EN VOIE DE PRÉPARATION

LES PETITS MESSIEURS, 1 vol.
LES COURTISANES DE CAPRÉE, 1 vol.
LES CONVICTIONS, POÉSIES COMPLÈTES ET ÉTUDES DRAMATIQUES, 2 vol.

LIBRAIRIE HACHETTE

PROMENADE EN HOLLANDE, 1 vol.
ENFANCES CÉLÈBRES (6e édition), 1 vol. illustré.

LIBRAIRIE HETZEL

LE COMTE DE LANDEVÈS, 1 vol.
UN DRAME DANS LA RUE RIVOLI, 1 vol.

LIBRAIRIE CADOT

UNE HISTOIRE DE SOLDAT, 1 vol.
MADAME DU CHATELET, 1 vol.

LIBRAIRIE PELTIER

RICHESSE OBLIGE. Récits pour l'enfance, 1 vol.

LIRRAIRIE PERROTIN

LE POÈME DE LA FEMME, ouvrage épuisé.

BIBLIOTHÈQUE DRAMATIQUE

LA JEUNESSE DE GOETHE, comédie en vers.

CAMPANELLA, 1 vol. (ouvrage épuisé).
LA JEUNESSE DE MIRABEAU, 1 vol. (ouvrage épuisé).

Paris. — Typ. A. Parent, rue Monsieur-le-Prince, 31.

LA

SATIRE DU SIÈCLE

I

PARIS MATIÈRE

PAR

Mme LOUISE COLET

PARIS

HURTAU, LIBRAIRE

Ancienne maison Masgana,

GALERIES DE L'ODÉON, 12-15

1868

I

PARIS MATIÈRE

« Quels bizarres portraits nous fait ce
« philosophe ! Quelles mœurs étrangères
« et particulières ne décrit-il point ! Où a-
« t-il rêvé, creusé, assemblé des idées si
« extraordinaires ? Quelles couleurs ! quel
« pinceau ! Ce sont des chimères ? » —
« Vous vous trompez, ce sont des mons-
« tres, ce sont des vices, mais peints au
« naturel. »   (La Bruyère.)

A VICTOR HUGO

I

O maître généreux ! vous flattez trop Paris (1).
Vous en faites toujours le centre des esprits,
Le phare dont le feu grandit chaque minute
Et sur le monde entier brille et se répercute.
Dans votre rêverie au bord de l'Océan
Vous le voyez encor superbe, altier, géant,
Lavant dans l'idéal ses hontes et ses crimes
Et montant, comme vous, vers des sommets sublimes.

(1) Tout le monde a lu les magnifiques pages, glorification de
Paris, écrites par Victor Hugo en tête du livre de *Paris Guide*.

Ce grand souffle est éteint dans le Paris nouveau :
Du globe désormais il n'est plus le cerveau,
L'âme des nations, active et véhémente,
Le cratère fécond où l'avenir fermente.

S'il vous apparaissait, dissous par la torpeur,
Maître! son spectre énorme, hélas! vous ferait peur;
Ainsi qu'un Pharaon dans sa couche de pierre
Il dort sous un linceul de luxe et de matière;
Il s'affaisse en riant, et sa triste gaîté
Est celle d'un acteur dans sa caducité,
Qui, tandis qu'il chancelle et qu'il se décompose,
Enduit son chef branlant de céruse et de rose.

Maître, la pourriture accomplit son travail,
Je vous en montrerai l'ensemble et le travail.
De disséquer Paris j'affronte le martyre.
Comme à la verité, croyez à ma satire.

Son dos courbé revêt la pourpre des Césars,
Ses lâches appétits assiégent ses bazars;
Lui, qui du grand réveil fut autrefois le centre,
Songe à parer son corps, à repaître son ventre;
Pâle phthysique, en qui l'avidité survit,
Il croit à sa vigueur, parce qu'il s'assouvit!

La politique a pour Cerbère la censure;
Mais on peut de la cour parler avec mesure;
La Bruyère autrefois en parlait hardiment
Sans que le roi soleil, de son haut firmament
Sur l'âpre moraliste ait fait tomber sa foudre;
A moins de liberté je ne puis me résoudre;

Car la cour est restée un amas d'intrigants,
Vicieux effrontés, aux dehors élégants,
Qui, par leur réussite et leur trouble fortune,
Ont démoralisé la morale commune.
S'enrichir et jouir après ; — voilà leur but ; —
Ripaille et vanité sont leur double attribut,
De titres et de croix ils gorgent leur sottise,
L'agio des traitants rit à leur convoitise,
Et les secrets d'État, qui leur servent d'appui,
Font des pauvres d'hier les riches d'aujourd'hui.

II

Le souple Aurélien régit un ministère :
Quand il parle au sénat son maintien est austère,
Il use pour complaire à ces pâteux cerveaux
De termes pudibonds et d'arguments dévots ;
Il en appelle à Dieu dans les moments critiques,
Il s'en fait un second pour battre les sceptiques,
Et comparse empressé, soyez sûrs que toujours
Survient la Providence en ses pieux discours.
« Oui, le ciel a parlé ! Sauvons le pape à Rome, »
Criait-il l'autre jour. — « C'est un saint et digne homme ! »
Disent les courtisans ; « la gloire de son nom
Éclipse Malesherbe, obscurcit Lamoignon. »

Il n'est pas de héros pour son valet de chambre,
Par un de ces matins gris et froids de décembre,
Surprenons, s'il vous plaît Aurélien au lit
Peut-être pensez-vous qu'il médite ou qu'il lit,

Que de notre avenir il sonde les problèmes?...
Bah! pour ce vif esprit ce sont là de vieux thèmes
D'idéologue. — Lui, les raille avec hauteur,
Et les tranche, en public, en improvisateur.
Étudier le monde, et l'Europe et la France,
En amortir les chocs!... quelle lourde ingérence!
— Avant que le péril ne soit événement
Le prévoir! — A quoi bon ce précoce tourment?
— Conjurer les horreurs que la guerre déchaîne! —
Quel trouble intempestif pour cette âme sereine!
Fi donc! lui s'imposer un but fixe et précis!
Sa fermeté consiste à rester indécis;
Un principe est gênant; l'affirmer, tâche rude. —
L'art de la politique est dans l'incertitude.

Donc, n'imaginez pas le surprendre anxieux
A son réveil. — Le calme est la force des dieux. —
Paraître fort c'est l'être, — et voilà son adage.
Des journaux s'il parcourt, en baillant, quelque page,
Il n'en consulte pas le souffle avant-coureur;
Pour lui la polémique est l'arme de l'erreur.
Mais ce dont il s'enquiert et ce dont il frissonne,
C'est des francs quolibets qui criblent sa personne.
Dit-on d'Aurélien, jadis beau cavalier,
Que son dos s'arrondit et commence à plier,
Que son obésité se transforme en bedaine,
Q'autrefois il fut blond et qu'il est noir d'ébène,
Qu'en vain sous le cold-cream et la poudre de riz
Il cherche à rafraîchir ses traits mous et flétris,
Que dans son œil éteint aucun feu ne flamboie
Et qu'à sa tempe, hélas! s'étend la patte d'oie;

Ces coups le font bondir. — Vous ririez de le voir
S'élancer de son lit et saisir un miroir :
Il l'interroge!... « Oh ! oui, pense-t-il, je m'affaisse! »
Puis, âpre à ressaisir un reste de jeunesse,
Il se baigne, se farde et se frise attentif;
Il sangle en un corset son gros ventre rétif,
Tend son jarret fluet, cambre son omoplate,
Et refoule son cou flasque dans sa cravate.
Deux heures de toilette en ont fait un vieux beau.
Alors l'homme d'État, sûr de son renouveau,
Raide et majestueux comme en ses portraitures,
Déjeune en raffiné, bâcle des signatures,
Donne audience, court à la chambre, et, fouetté
Par la gauche, il la bat par la majorité.

Après ces fiers exploits, superbe d'insolence,
Au bois jusqu'au dîner flâne Son Excellence.

Comme c'est chaque jour un dîner de gala,
Le frac est malséant pour ces grands festins-là,
Il coiffe le tricorne et revêt l'uniforme;
En un clair firmament son habit se transforme,
Tant s'y pressent les feux des constellations
Des croix et des crachats de toutes nations.
Au centre, astre en brillants, que chaque femme envie,
Luit l'étoile, qui fut le grand jour de sa vie.

Ces convives de cour sont des mangeurs divins.
Où trouver des primeurs, des mets rares, des vins
Dignes de défrayer leur table, qui détrône
Les banquets des Césars que nous a peints Pétrone ?

2

Aurélien, repu, se montre à l'Opéra ;
Si le ballet l'agite il passe chez Cora ;
La folle Danaé que l'or public inonde
Dérobe Jupiter aux soucis de ce monde ;
Puis le vieux dieu, fourbu par son désir qui ment,
Jusques au lendemain va dormir lourdement !

III

Dans ce jour, qui des jours suivants est le programme,
Il n'est pas un instant pour les choses de l'âme ;
L'âme est une importune à qui gorge la chair.
Le peuple a froid, dit-on, pour lui le pain est cher !
« Cher ? répond un crevé, facétieux atroce,
» Nous en mangeons trop peu pour l'avoir mis en hausse ;
» J'en nourris, il est vrai, dans toutes les saisons,
» Mes chiens et mes chevaux ; j'en repais mes poissons,
» Et mes truites ainsi ne sentent plus la vase. »

Maître, soyez certain qu'authentique est la phrase.

Ce mot cadavéreux et fétide : un crevé !
Peint bien un jeune drôle oisif, lâche, énervé,
Ignare, laid, vantard ; type de la jeunesse
Que les Auréliens forment à la mollesse.

Alors que l'homme mûr et même le vieillard,
Apres à la curée, en disputent leur part,

Logique est qu'à son tour l'adolescent se plonge
Dans les vices qu'enfant il vit passer en songe.
Son désir se déprave avant d'éclore au jour ;
Il souille l'idéal et le premier amour,
— Rayonnement profond dont s'éclaire notre âme ! —
Au crevé qui débute il suffit d'une femme
Qui passe au carrefour et se livre à prix d'or ;
La Béatrix divine est pour lui Mogador,
Et dans sa puberté flétrie et polluée
Aussi bien que le corps l'âme est prostituée.
Par d'abjects appétits se laissant dévorer
A ce qui fait l'honneur il cesse d'aspirer ;
Son esprit s'étiole épuisé d'indigence :
Où le cœur est tari, vide est l'intelligence.
L'étude des anciens qui formait nos aïeux
N'a jamais ravivé cet oisif vicieux.
L'amour de l'art sacré, l'ardeur des causes saintes
Pour cet être dissous sont des flammes éteintes.
La patrie est un mot pompeux ; la liberté
Consiste à s'avilir avec impunité.
Fils de quatre-vingt-treize ! ô race au cœur superbe !
Vous eussiez étouffé ce monstrueux imberbe !

IV

Tout Paris a connu Théobald ; il descend
D'un prince, duc et pair, glorieux de son sang ;
Il se targue, par droit de naissance et de caste,
D'impudeur plus complète et de honte plus vaste.

Encor collégien, son cynisme étonnait
Son père, ancien viveur, qu'il toisait et bernait.
Un juif émancipa Théobald avant l'âge ;
A quinze ans il mangeait déjà son héritage ;
Trouvant fastidieux le grec et le latin,
Il commentait de Sade et lisait l'Arétin.
En pratique il mettait la nuit leur théorie.
Alternant, sans frein, jeu, débauche, ivrognerie,
Et fier qu'on dît de lui : « C'est un vil garnement ! »
Dans la fange il plongeait jusqu'à l'hébêtement.

Combien de ses pareils, sans que la loi sévisse,
Montent tous les degrés de l'échelle du vice !

Théobald avait mis à sa majorité
Son patrimoine à sec et s'était endetté.
Il se vit éconduit par les courtiers d'usures,
Raillé dans les tripots, au turf, chez les impures.
L'âme morte et le corps mourant, être soldat
Lui fut un dur métier, quoiqu'il s'y décidât ;
— « Bien ! lui dit un marquis, son digne camarade,
Qui devint à trente ans colonel de parade ;
« Sois sûr qu'on nous fera, comme au bon temps royal,
« Moi marquis colonel, et toi duc général ! »
Théobald fut impropre à manier l'épée,
Si ce n'est pour laver quelque basse équipée.
Il quitta l'uniforme et brava les recors,
Abrité par l'audace et par l'esprit de corps.
Le faubourg St-Germain disait : « C'est l'un des nôtres ! »
La cour le proclamait aussi moral que d'autres ;

Ses titres, son dédain et son luxe élégant
Le rendaient enviable au vulgaire intrigant.
Beau joueur et sportman hardi, vainqueur aux courses,
Les passions du jour défrayaient ses ressources,
Le monde applaudissait ses vices patriciens.
Les scandales d'autrui sauvegardaient les siens.
Morose et maladif, ses amours enfiévrées
Irritaient les désirs des belles désœuvrées.
D'ailleurs il défendait sa ruine en héros,
Il escomptait les biens de ses collatéraux,
Vieux et riches. L'espoir de ce prochain mirage
Calmait les usuriers et les prêteurs sur gage.
Tailleurs et carrossiers, qu'il mettait en renom,
Choyaient un débiteur si puissant par son nom.
En obtenant la croix pour son propriétaire,
D'un tyran il s'en fit un humble tributaire.
Puis (il est des crevés spéculateurs profonds),
Dans ses avoirs futurs il supputait les fonds
D'une vieille maîtresse ou d'une jeune épouse,
Qui viendrait conjurer la fortune jalouse.
Alors qu'il s'engageait dans de libres amours,
D'une riche Bélise il s'éprenait toujours.
Pactole insuffisant! Ce qu'il faut au prodigue
C'est une dot immense! un fleuve d'or sans digue.
La fille à millions d'un de ces nouveaux rois
Que sacre l'agio, que détrônent les lois,
L'attire, et, coutumier de tout ce qui dégrade,
Ce vrai fils des croisés tente cette croisade.

La future est encore une ignorante enfant
Que la vanité perd, et que rien ne défend;

Etre princesse, avoir de féodales armes,
Transforme un duc livide en mari plein de charmes.

Certes, les désespoirs d'un sombre lendemain
Submergèrent l'orgueil de ce fangeux hymen;
L'époux nouveau revint à ses vieilles ivresses,
Et la dot de sa femme entretint ses maîtresses.
Jusques à quels bas-fonds serait-il arrivé
Si la mort n'avait pas balayé ce crevé?

V

Maître, Paris abonde en ces maris infâmes!
Dans leurs mains que veut-on que deviennent les femmes?
Mais sans doute une mère a su les prémunir
Contre l'effarement d'un pareil avenir?
Non! les galantes mœurs de ce monde futile
Après l'enfantement font la mère inutile.
Une pauvre âme à peine est-elle éclose au jour
Qu'il lui manque l'appui du maternel amour.
Le nouveau-né s'abreuve au lait d'une étrangère.
Plus tard c'est une bonne irascible ou légère
Qui fait germer en lui ses propres sentiments;
Riche et dans l'abandon, privé de soins aimants,
Sous le toit paternel ce frêle petit être
Subit jusqu'à huit ans un serviteur pour maître.
Pourtant ses beaux habits, ses jouets délirants,
Attestent au public l'amour de ses parents.

Sa mère allant au bois, parfois, dans sa calèche
Le prend si son *Kings' Charle* est malade ou revêche.
Même elle le conduit au spectacle, au concert,
Quand ce tiers innocent la protége et la sert.
L'enfant voit et comprend ; son âme délicate
Retient ce qu'on y sème ; un jour le germe éclate.

Encor tout imprégné de ce souffle énervant,
Le fils entre au collége et la fille au couvent.

Tantôt, quand j'ai dépeint la jeunesse perverse,
J'enviais votre fouet, ô Junéval ! ô Perse !
Mettant le vice à nu pour le mieux flageller,
Tout ce qu'ose le mal vous l'osiez dévoiler.
Sans rougir, vous crachiez sur les rougeurs de Rome
Et vous n'hésitiez pas, pour purifier l'homme,
A flétrir les plus hauts et les plus criminels
En les marquant, vivants, de vos vers immortels.

L'infamie aujourd'hui procède à la sourdine,
Le satirique emploie une verge anodine
Et ne saurait toucher, sans paraître indécent,
A ceux que vous eussiez fustigés jusqu'au sang,
Mâles justiciers ! Toute fière énergie
Est désormais réduite à la psychologie.

VI

Avec la jeune fille entrons au *Sacré-Cœur*
Et voyons si Jésus de Satan est vainqueur.
O miracle! en ce lieu ces deux rivaux de l'âme
Règnent en paix; le ciel à l'enfer s'amalgame.
Là Marie et Vénus vivent sans se heurter.
L'art de croire s'y mêle à l'art de s'ajuster;
Sur le meuble à miroir, poudres et cosmétiques
Frôlent le crucifix et le cadre aux reliques.
On farde son visage, et de la même main
On peint un cœur saignant qu'on enduit de carmin;
L'arome des cheveux, qu'on gonfle et qu'on parfume,
Se confond aux senteurs de l'encensoir qui fume:
L'orgue, évoquant l'idylle, a les sons du pipeau,
Et le jeune aumônier de ce chaste troupeau,
Malgré son regard fourbe et sa face hypocrite,
Se transforme en berger qu'eût chanté Théocrite.
C'est lui qui réglemente et qui dirige en roi
Les leçons de l'histoire et celles de la foi;
La morale et les arts sont sous sa dépendance.
Il contrôle attentif le gymnase et la danse;
Parfois même il émet sans morgue et sans dédain
Un avis pudibond sur un habit mondain.

On façonne à huis clos, par des croyances molles,
Des mères sans vigueur, des épouses frivoles;

Les principes faussés faussent l'âme et l'esprit :
Aux formes on réduit la morale du Christ.
La base de la foi ce n'est plus l'Evangile,
Mais la haineuse loi d'une Église fragile
Osant maudire au nom de la Divinité
Ceux dont le noble essor guide l'humanité.

O philosophes grecs, purs conducteurs des âges !
Historiens vengeurs des justes et des sages !
Moralistes profonds ! poëtes éclaireurs !
Savants hardis brisant les sinistres erreurs !
Et vous qui, du malheur acceptant tous les pactes,
Affirmez en martyrs vos vertus par vos actes !
Ces femmes, qui devront un jour former leurs fils,
Jettent à vos clartés de stupides défis !

A la vie en voyant comment on les prépare,
Qui donc peut s'étonner lorsque leur cœur s'égare ?
Il se dessèche avant que n'arrive le jour
Où par le mariage on leur permet l'amour.
Non, l'amour.., le traitant d'impur, on les élève
A tarir dans leur cœur cette divine séve.
Le mari convoité par elles au couvent
Et qu'on leur recommande avec un soin fervent,
C'est un richard titré, qui rêve en gentilhomme
Le droit divin chez nous, le pape roi dans Rome.
Qu'il soit vieux, maladif, ignorant, immoral,
Qu'importe !... ce mari devient leur idéal.
Avec l'impunité que donne la fortune
Il les affranchira de la règle commune ;
Et les désirs secrets de leur cœur froid et vain
En scandales publics éclateront en vain.

VII

La future s'enquiert, vierge délibérée,
De l'hôtel, du château princier, de la livrée,
Des voitures de luxe et des chevaux pur sang ;
Elle ouvre la corbeille, abîme éblouissant,
En compte les trésors merveilleux, et s'assure
Que rubis et brillants sont vrais et d'une eau pure.
Elle exige au contrat, pour ses debours privés,
Que deux tiers de sa dot lui seront réservés.
Elle lit chaque clause et rappelle au notaire
Qu'il stipule à la mort du mari son douaire ;
Puis, tout étant réglé, légalisé, signé,
Aux vouloirs de l'époux sont cœur est résigné.

Le jour où ces vouloirs lui sont tâche trop rude,
Elle rêve comment une chaîne s'élude,
Et, coup d'essai permis, elle met sans retard
Entr'elle et son mari le révérend Bloutard.
On va chez le bon père une fois par semaine ;
On souscrit largement à la dîme romaine ;
Pour qu'aux péchés mignons Dieu laisse un libre essor.
Le denier de Saint-Pierre est exigible en or.
Le zélé directeur, plein d'une foi jalouse,
Sur les faits de l'époux interroge l'épouse,
Et se permet, ainsi qu'au confessionnal,
De s'immiscer en tiers dans le lit conjugal.
Sur les cas les plus vifs il insiste et raisonne.
A son premier amant la dame l'abandonne,

Le trouvant ennuyeux, lourdaud, cuistre, et de plus
Tout aussi perverti que les plus dissolus.

Lorsque l'époux trahit la chaste et douce attente
D'une vierge au cœur pur, pour qu'un autre la tente
Et l'attire tremblante en ce lien nouveau,
Il faut qu'il soit comme elle, aimant, loyal et beau,
Et lui donne l'appui d'une âme fière et tendre
Dont l'honneur la rassure et sache la défendre.

La femme du grand monde en quête d'un amant
Ne cherche point l'amour, mais l'étourdissement ;
Un amant la distrait ; mais qu'importe qu'il l'aime !
L'amour la gênerait, n'aimant pas elle-même.
Elle veut pour esclave à ses pas enchaîné
Un jeune homme élégant, prodigue, raffiné,
Que le noble faubourg ait vu naître, et qu'on fête
Dans la nouvelle cour ainsi qu'une conquête !
Que les salons cités recherchent à l'envi,
Des plus belles aimé, regretté, poursuivi,
Et qui, la préférant, reine la fait élire
Dans ce monde éhonté, steeple-chase en délire,
De luxe corrupteur, d'appétits ruineux,
Où l'amante et l'amant forment d'étranges nœuds.

Par des fils inouïs leur lien se resserre ;
Si l'amant ne plaît plus, il reste nécessaire ;
On ne l'éconduit pas, on le trompe en secret ;
En générosité qui donc l'égalerait ?
Les autres ont les mœurs pingres des gentillâtres ;
Mais lui, vrai gentilhomme, offre à tous les théâtres

Des loges ; les bouquets qu'il donne sont d'un prix
A faire reculer d'effroi les plus épris ;
Il choisit des bonbons si fins, d'un goût si rare,
Qu'à coup sûr Siraudin pour lui seul les prépare.
Puis ce sont chaque jour des riens, des dons charmants,
Qui le font resplendir entre tous les amants.
Il glisse aux jolis doigts qu'en arrivant il presse
Quelque anneau précieux de Rome ou de la Grèce ;
D'un ami qui voyage il s'empresse d'avoir
Des laques du Japon dont elle orne un boudoir ;
La voyant se complaire aux habits des sultanes,
Il recherche à grands frais les étoffes persanes,
Les vestes de Stamboul, les poignards de Tunis,
Les babouches d'Alger, qui deviennent les nids
De ses deux pieds mignons pleins de mutinerie ;
Et, sans qu'elle s'étonne ou qu'elle se récrie,
Pour le premier de l'an et pour sa fête, il sait
Qu'il peut la couronner des fleurs de Janisset (1).

Certes ! un pareil amant vaut un époux modèle ;
Si l'on butine ailleurs, on lui revient fidèle.
Puis dans l'art du maintien qui serait son rival ?
Qui donc l'escorterait sur un plus beau cheval
Lorsqu'indolente au bois, elle passe en voiture ?
Qui, le bras plus léger, la démarche plus sûre,
Dans ces raouts de cour où l'on ose avancer,
Jusqu'au salon d'honneur la ferait se glisser ?
Et lorsqu'auprès du trône il a conquis sa place,
Qui, s'inclinant, aurait sa noblesse et sa grâce ?

(1) Bijoutier qui excelle a monter, sous forme de fleurs, les diamants et les pierreries.

Quel valseur, sans fléchir dans son élan nerveux,
Préserverait si bien sa robe et ses cheveux?
Et quand, le sein ému, sur un siége elle tombe,
Qui, semblable au ramier qui frôle une colombe,
Agitant sur son front son splendide éventail,
Mettrait autant de charme en ce tendre détail?

Les jours où sur le lac durci par la gelée
Elle glisse en traîneau, d'hermine emmitouflée,
Tandis qu'elle bat l'air d'un fouet à grelots d'or,
Il patine près d'elle et guide son essor.
Elle court, elle vole, et ses lèvres coquettes,
Montrant ses blanches dents, fument des cigarettes :
C'est lui qui les enroule, et, se penchant un peu,
Dans sa bouche qui rit pose le tube en feu.

Lorsqu'un ciel étouffant sèche et brûle la plage,
A Biarritz, le soir, on se jette à la nage,
Et lui, hardi plongeur, lui donne des leçons,
Sans choquer la pudeur (on a des caleçons).

A Wiesbaden, c'est lui qui, d'une main discrète,
Fournit l'or qu'elle ponte ardente à la roulette;
Pour monter en ballon lui faut-il un appui?
C'est lui; pour chevaucher?... encor lui! partout lui!

On a dit que l'amour était dans l'habitude.
Il est donc plein d'amour? car toujours tâche rude,
Il tourne éperdûment, ainsi qu'un écureuil,
Dans ce cercle écœurant de folie et d'orgueil;
C'est la meule broyant ses plus belles années;
Le monde prend ses nuits, les marchands ses journées :

Hier concert à la cour; demain fête au sénat;
Dans trois jours bal paré du ministre d'État;
Ce bal, truc théâtral, plein d'art et de magie,
Exige un cours d'histoire et de mythologie;
Sera-t-elle en Diane ou bien en Brunehaut?
L'habit mérovingien pour un bal est bien chaud!
D'ailleurs la dame ayant des jambes de déesse
Aspire à les montrer, comme la Chasseresse,
Et l'amant, approuvant ce pudique dessein,
D'une Diane antique esquisse le dessin.
Aidé du grand tailleur pour femmes, il combine
En l'écourtant un peu la tunique divine.
L'art grec serait trop nu sans quelques ornements;
Le corsage doit être en gaze et diamants;
La ceinture en rubis, comète à longue queue,
Et le disque du front en saphirs, flamme bleue
Caressant les cheveux, sombres et scintillants,
Nuages constellés d'étoiles en brillants.

Pour mieux symboliser la déesse nocturne,
Les astres jailliront de la tête au cothurne;
Les pieds roses et fins, aux doigts blancs, demi-nus,
Danseront éclairés sous l'orbe de Vénus,
Et la svelte cheville aura des bandelettes
Où s'entre-croiseront les rayons des planètes.
L'art d'ivoire sera du plus exquis travail;
Enfin, dans le carquois d'ébène et de corail,
Luiront les flèches d'or, dépouilles du Mexique
Qui figuraient jadis au trésor d'un cacique.

VIII

Lorsque, ainsi court vêtue, à travers les salons
Elle passe, traçant de lumineux sillons,
L'honneur évanoui, la pudeur offensée,
Sont trop morts dans son cœur pour troubler sa pensée.
Elle ne songe pas qu'à cette heure, au dehors,
D'autres qui valent mieux, pures d'âme et de corps,
Ayant faim, ayant froid, sans refuge, éplorées,
Regardent tristement ces vitres éclairées !
Qu'au loin on souffre aussi, qu'on gémit en tout lieu,
Et que bien des martyrs demandent : Que fait Dieu ?
Qu'il est des désespoirs dont toute âme tressaille !
Qu'hier des héros tombaient, criblés par la mitraille,
Dont les mères en pleurs, assiégeant les tombeaux,
Ne reconnaîtront plus tous ces fils en lambeaux !
Que la joie et l'éclat pervers du petit nombre
Insultent aux douleurs qui se traînent dans l'ombre.
Qu'il est temps que la guerre et que l'âpre travail
Ne massacrent plus l'homme à l'égal du bétail ;
Qu'il faudra bien un jour que les bons et les justes,
Fassent trôner le Droit et la Justice augustes.
Et qu'alors on verra, par la peur attendris,
Pâlir ces héritiers des Grâces et des Ris.

Elle danse et triomphe... — On dansait à Versailles
(Sans songer que ce siècle aurait des représailles)
Tandis que le vieux roi tuait les camisards
Dont les corps éventrés et les membres épars

De leurs toits qu'on pillait, nourrissaient l'incendie !
Louis prenait plaisir à cette tragédie ;
Le pontife romain bénissait son saint nom
Et reine de hasard trônait la Maintenon.

IX

Le souci de Diane et des autres danseuses,
Ce qui le lendemain peut les rendre anxieuses,
Ce n'est pas, de leur cœur en faisant l'examen,
De n'y plus rien trouver ni de pur ni d'humain,
Et de se voir tomber au rang des plus infâmes,
Qui ne parent leur corps qu'en dépouillant leurs-âmes.

Charité ! pleurs ! pitié ! secret de s'embellir,
Ce n'est pas votre voix qui les fait tressaillir.

Le tourment qui soudain irrite leur fatigue,
C'est, qu'ainsi qu'un mari, l'amant le plus prodigue,
En se sentant sombrer dans ce gouffre béant,
En vient à refuser d'assouvir leur néant !...
Heure d'effroi ! la honte a d'étranges tortures :
Aux missives d'amour succèdent les factures ;
On ne les lit jamais, ne pouvant les payer ;
Alors les créanciers commencent d'aboyer ;
Leur meute est implacable ; elle traque sa proie,
La menace, l'insulte et sans pitié la broie.

Cette femme au cœur vain, fière de son blason
Pour juge a le portier de sa propre maison ;

Il lit, comprenant bien que le crédit déloge,
Tous les papiers timbrés qui pleuvent dans sa loge.
Puis il trouve un matin dans un petit journal
Que l'on vient de citer la dame au tribunal.

De l'affront qui la mord, sous une telle forme,
Elle triompherait par une somme énorme!
Où la trouver? Il n'est que des hommes d'État
Qui pourraient tendrement conjurer cet éclat.
Mais ils sont vieux! goutteux!... Bah! les âmes séniles
Ont beaucoup plus d'élan que les cœurs juvéniles.
Elle sait comme on peut enlacer les barbons.
Dans un péril si grand tous les sauveurs sont bons,
Et, riante et parée, elle accepte la honte
D'être remise à flot par la main d'un Géronte.

Le Géronte est d'abord ravi, fougueux, flatté ;
Près d'elle il marche au bal avec légèreté ;
En fat de l'autre empire il lui dit : Ma charmante!
Il rêve qu'on l'envie et qu'on le complimente,
Que par elle adoré l'on le désire ailleurs,
Et qu'il peut de Paphos cueillir toutes les fleurs.

Mais un jour il devient de glace ; il se sent dupe,
Le respect de son rang soudain le préoccupe ;
On censure à la cour ces amours à grand bruit ;
D'un futur ministère il peut être éconduit,
Et (point déterminant de ces raisons si hautes),
Géronte à taux pareil préfère les cocottes.

La dame rompt gaiement, — mais au *sine quâ non*
Qu'à l'amour survivra l'amitié : « Sur mon nom

« Pas d'éclat ! lui dit-elle ; étant du même monde,
« Gardons-nous d'étaler de ces brouilles qu'on fronde,
« Et sachons déjouer toute malignite
« En restant bons amis avec sincérité. »

Certes le pacte est doux. Il serait dur et lâche
De pouvoir soupçonner qu'une trappe s'y cache.
Donc ils restent amis.— Oh ! bien mieux qu'un amant,
Pense-t-elle, un ami sera mon instrument.
L'amour est inhabile à vaincre la fortune
Mais j'ai pour la dompter l'avidité commune.

X

Elle ouvre ses salons aux exploiteurs hardis,
Et de toute entreprise exploite les crédits.
Exploiter ! conjuguons un peu ce verbe immonde :
Exploiter, c'est l'ardeur, c'est le levier du monde,
Si bien que je ne puis peindre ce siècle au vif
Sans conjuguer les temps de cet infinitif.
On exploite un volcan, une lande, une source,
Un roc, une banquise ; on exploite à la Bourse,
Guerre, paix, choléra, sourire impérial,
Hilarité du pape au mot d'un général.
De la santé des rois on cote les indices :
Ils chassent, font l'amour, engraissent,—bruits propices,
Garibaldi vainqueur !—mauvais bruits ! désarroi !
On cote la mitraille éternisant la foi !...

Le miracle avéré! l'inconnu, le mystère!
Lorsque dans l'infini s'écroulera la terre,
On peut être certain que son dernier fragment
Par le dernier boursier sera coté dûment.

L'effarement préside à ces luttes vénales
Pleines d'obscurs défis et de chances rivales,
Et tous les exploiteurs sont en quête d'avoir
Comme garant du sort le soutien du pouvoir.
Sur cet âpre désir l'enjôleuse médite,
Pressurant l'agio, taxant la commandite ;
D'un ami tout-puissant elle promet l'appui,
Prouvant, lettres en mains, ce qu'elle peut sur lui.
S'agit-il d'exploiter de nouvelles usines?
Elle certifiera l'achat de cent machines.
Veut-on jouer des fonds sur un coup prompt et sûr?
D'avance elle saura l'événement futur.

Mirage éblouissant! mais qui toujours diffère.

Les déçus, discourtois comme les gens d'affaire,
S'indignent...—«Quoi!» dit-elle, «impatients joueurs,
» Le retard du succès vous cache ses lueurs ?
» C'est fou! » puis, sous des flots d'astuce et de souplesse.
Elle éteint leur soupçon et les retient en laisse.

A quatre industriels elle fait le serment
Qu'au premier jour, chez elle, ils pourront largement
Au général d'Escart, qui la protége et l'aime,
De leurs nouveaux obus expliquer le système,
Et qu'elle détruira leur doute indélicat
En les faisant nommer fournisseurs de l'État.

A huit boursiers frappés dans le dernier sinistre
Elle dit qu'elle attend ce soir-là le ministre,
Et que tous, elle espère, en petit comité,
Pour causer avec lui viendront prendre le thé.

On s'apaise, on consent ; la parole est tenue.

Le ministre le soir vint en noble tenue ;
Devant aller plus tard chez un ambassadeur
Il portait à son cou la croix de commandeur.
Pour ce qu'avait promis sa belle protégée
Il regardait, dit-il, sa parole engagée.
Il fut aimable, gai, familier avec tous,
Et remit à quinzaine un nouveau rendez-vous.

Trois jours plus tard parut, en brillant uniforme,
Le général d'Escart, chargé de la réforme
De nos armes ; il fit l'examen attentif
Des obus fulminants, et, mitrailleur actif,
Il conclut, indiquant un changement utile,
Qu'il en commanderait au moins soixante mille.

Ces deux rôles de cour furent fort bien joués,
Chez Babin les habits avaient été loués.
Le ministre, aujourd'hui, sur un de nos théâtres
Figure avec succès dans l'emploi des bellâtres ;
Mais il n'était alors qu'un malheureux quidam
Du boulevard de Gand usant le macadam.
Le général était un courtier, haut de taille,
Qui floua les traitants, dit-il, par représaille.

L'affaire fit grand bruit ; et, dans sa dignité,
Géronte se sentit jusqu'au sang souffleté.

Il désavoua tout, traita les signatures
De ses lettres d'amour de faux en écritures.
Et, vengeant la morale et lui-même à la fois,
Il livra la coupable à la rigueur des lois.

Les lois ne frappent pas de telles délinquantes :
Ses titres, sa beauté, ses larmes éloquentes,
Comme autrefois Phryné, désarmèrent Thémis.
L'astre tombé garda d'insouciants amis ;
Duellistes, joueurs, hantant le demi-monde
Et qui taxaient la cour d'être trop pudibonde.
— « Raillez tout ! Osez tout ! dirent-ils, suivez-nous !
« Au monde où nous vivons les sages sont les fous ! »
L'audace l'entraîna. Mais comme elle était belle,
Les impures en chœur, disaient : « Que nous veut-elle ?
» Elle sent Saint-Lazare ! » Et ce dernier affront
D'une fange sinistre éclaboussa son front.

Si l'on croit que trop loin la satire m'entraîne,
Qu'on lise le procès de la comtesse Irène.

Les vices que j'ai peints sous des noms empruntés,
Sont plus abjects encor dans les réalités.
Car sur la bourbe même, ô chaste Poésie,
Tu répands en chantant des gouttes d'ambroisie.

XI

Quand ceux qui peuvent tout se perdent dans la nuit,
Ils creusent un abîme où la foule les suit.

Le bien se rétrécit et le mal se dilate ,
Imiter les puissants est un vice qui flatte;
La grisette, singeant la femme de grand nom,
Aux vénales amours ne sait plus dire : Non !
Et le pauvre ouvrier, qui pensif la regarde,
Ne peut toucher un cœur qu'éblouit un cent-garde,
L'éclat dont il reluit sur chaque parement
Fait de ce grand sabreur un enviable amant ;
Couvert d'or, à coup sûr il en a plein la poche,
Et l'appât d'un bijou jette dans la débauche.
Puits sombre !... On en descend toute la profondeur,
Car en tuant l'amour on tua la pudeur.

Et les autres amours qui rendaient l'âme altière,
En régnant, aujourd'hui qu'en a fait la matière ?
Cynique entremetteuse au propos suborneur,
Elle offre son trafic à l'amour de l'honneur,
— A l'amour du pays, — à la liberté fière,
— A l'art qui veut planer, — leur disant, familière :
« Que le corps doit marcher devant, et l'âme après;
» Que l'on meurt d'idéal et qu'on vit d'intérêts. »

Une conviction se chiffre en sacrifices.
Mais une apostasie en larges bénéfices.
On compte les revients, et de tout noble élan
On se gare, de peur de grever son bilan.
La tourbe endoctrinée à ce calcul se livre,
Et dort sur ce précepte : — « Avant tout il faut vivre ! »
Quoi ! vivre ! avez-vous dit? c'est par trop vous flatter !
Vous appelez ça vivre? Oh ! non, c'est végéter !
Vivre ! c'est aspirer, c'est combattre, c'est croire !
De tout ce qui fut grand c'est garder la mémoire !

C'est à travers l'éclipse agiter le flambeau
Du lumineux, du vrai, de l'honnête et du beau !
C'est affranchir l'esprit qui nous prête des ailes
Et, mortels, nous rallie aux choses immortelles.

Des eaux vives la fange emprisonne les flots ;
Du lucre triomphant l'égoïsme est éclos ;
Ce ver hideux au cœur de la France s'attaque.
Le sommet ténébreux a fait la masse opaque,
L'abject rit du sublime et va le dispersant ;
L'art grec est détrôné par le luxe persan (1).
Les Mécènes du jour, friands de gravelures,
Versent un or impur sur des œuvres impures ;
Transfuges du sacré, des artistes bouffons
Pour mieux plaire en haut lieu s'inspirent des bas-fonds.
L'idéal effaré se voile et se consterne,
La nuit envahit tout. L'espace est froid et terne,
Les mourantes clartés n'y peuvent rayonner.
Indécise de la foi qui plane et fait planer ;
Le lest manque au ballon pour refouler la brume
Et monter hardiment où la foudre s'allume.

O Paris ! qu'as-tu fait de ce lest vigoureux ?
Qu'as-tu fait de ton cœur, sublime aventureux ?

---

(1) — Par l'héroïsme, Alexandre vainqueur de Darius ; — Par le génie de la guerre, la Grèce, petit territoire, triomphant de la Perse immense ; — Par l'idéal, l'art grec survivant éternellement dans ses monuments et ses statues de marbre, de pierre et même d'argile, tandis que le luxe persan avec sa profusion de couleurs, d'or, de pierreries (de *matières*) est à jamais anéanti. — N'est-ce pas là comme une sorte d'enseignement symbolique qu'un peuple ne compte que par l'esprit dans l'histoire de l'humanité.

XII.

ÉPILOGUE.

Maître! vous contemplez debout sur le rivage,
Pensif, mais radieux, ce suprême naufrage ;
Car, sondant l'infini, votre œil vaste et profond
Domine les détails et voit l'ensemble à fond.
Veilleur de l'avenir que notre siècle enfante,
Ce chaos vous signale une aube triomphante.
Vous me dites : « Laissons tomber les membres morts :
« A leur destruction doit survivre le corps ;
« Où l'âme se transforme on croit qu'elle déserte ;
« Elle se meut pourtant sous l'apparence inerte ;
« Astre, elle va percer la nuit qui l'engourdit,
« Elle tressaille... éclôt... et superbe bondit !
« Timide est le regard, aveugle est la paupière
« Qui croirait que tu meurs, âme immense, âme altière !
« Tu vaincras le sépulcre, âme du vieux Paris
« N'es-tu pas immortelle, ô mère des esprits ! »

Paris. — Imprimerie A. PARENT, rue Monsieur-le-Prince 31.

LA

SATIRE DU SIÈCLE

II

LA VOIX DU TIBRE

OUVRAGES DE Mme LOUISE COLET

LIBRAIRIE MICHEL LÉVY

LUI, roman contemporain (5ᵉ édition), 1 vol.
QUARANTE LETTRES DE BÉRANGER, 1 vol.
Quatre poèmes couronnés par l'Académie française, 1 vol.

Pour paraître prochainement :

CYBÈLE, roman contemporain.

LIBRAIRIE DENTU

L'ITALIE DES ITALIENS, 4 vol.
LES DERNIERS MARQUIS, 1 vol.
LES DERNIERS ABBÉS, 1 vol.

EN VOIE DE PRÉPARATION

CES PETITS MESSIEURS, 1 vol.
LES COURTISANES DE CAPRÉE, 1 vol.
LES CONVICTIONS, POÉSIES COMPLÈTES ET ÉTUDES DRAMATIQUES, 2 vol.

LIBRAIRIE HACHETTE

PROMENADE EN HOLLANDE, 1 vol.
ENFANCES CÉLÈBRES (6ᵉ édition), 1 vol. illustré.

LIBRAIRIE HETZEL

LE COMTE DE LANDEVÈS, 1 vol.
UN DRAME DANS LA RUE DE RIVOLI, 1 vol.

LIBRAIRIE CADOT

UNE HISTOIRE DE SOLDAT, 1 vol.
MADAME DU CHATELET, 1 vol.

LIBRAIRIE PELTIER

RICHESSE OBLIGE. Récits pour l'enfance, 1 vol.

LIBRAIRIE PERROTIN

LE POÈME DE LA FEMME, (ouvrage épuisé).

BIBLIOTHÈQUE DRAMATIQUE

LA JEUNESSE DE GOETHE, comédie en vers.
CAMPANELLA, 1 vol. (ouvrage épuisé).
LA JEUNESSE DE MIRABEAU, 1 vol. (ouvrage épuisé).

LA

SATIRE DU SIÈCLE

PAR

Mᴹᴱ LOUISE COLET

L'évidence, l'intelligence, est préférable à la foi, car la foi passera et l'évidence subsistera éternellement.

MALEBRANCHE.

La raison ne nous donne aucune connaissance démonstrative de l'existence de Dieu. On ne sait ni ce qu'il est ni si il est.

PASCAL.

II

LA VOIX DU TIBRE

PARIS

HURTAU, LIBRAIRE

Ancienne maison Masgana,

GALERIES DE L'ODÉON, 12-15

1868

DÉDICACE

A LA JEUNESSE DES ÉCOLES

DÉDICACE

A LA JEUNESSE DES ÉCOLES

ΣΚΕΠΤΟΜΑΙ

(J'examine, je doute.)

Certaine d'un sincère accueil,
Je vous livre et je vous dédie
Sans modestie et sans orgueil,
Ces chants de satire hardie.

Croyances, pleurs, amours, à vous !
Cœurs vrais ! vous êtes la jeunesse,
Sympathique émue, et qui laisse
Les froids sarcasmes aux jaloux.

Sitôt que se révèle un être
Franc, libre, ardent, vous l'acclamez ;
C'est en frères que vous l'aimez :
En lui fiers de vous reconnaître.

Poëte, tribun ou penseur,
Votre âme encourage son âme ;
Mais si cet être est une femme ?... —
Eh bien ! pour vous c'est une sœur !

Elle vous convie à l'entendre
Avant de lui crier : Fi donc !...
Et poursuit, confiante et tendre,
Sa préface avec abandon.

— Causons ! — Je suis votre voisine.
Mon très humble logis domine
Le vieux Luxembourg mutilé,
D'où le mystère est envolé.

Je vous y vois ; je m'y promène
Aux dernières lueurs du jour,
Cherchant la place où me ramène
Le fantôme d'un jeune amour.

Hélas! l'image printanière
N'habite plus que dans mon cœur,
Le bon plaisir d'un empereur
A dévasté la Pépinière.

Un soir, c'est là, voilà vingt ans,
Que l'un des vôtres m'a suivie,
Sa flamme éclaire encor ma vie
Et luit sur les cendres du temps.

Il était pâle, digne, austère
Comme la science et l'ardeur ;
De tout insondable mystère
Il défiait la profondeur.

Du vieux monde il brisait les voiles,
Triste et radieux tour à tour ;
Et moi lui montrant les étoiles,
Je m'écriais : « Crois à l'amour ! »

Je sentais que sa sympathie
Cherchait mon esprit dans mon cœur,
Il me disait : «Sois l'Hypatie
D'un siècle indécis et moqueur !

Scrute avec moi tous les décombres
Où l'homme prétend se rasseoir ;
Les dogmes morts, tels que des ombres,
L'attirent pour le décevoir.

Mais la science hardie et rude
A broyé d'un pas triomphant
Tout culte et toute servitude
Où s'enchevêtra l'homme enfant.

L'homme avait peur, il se rassure,
Ainsi qu'un lutteur affermi
Dont l'œil froid suppute et mesure
La chute de son ennemi.

De l'imposture chancelante
Bruït partout l'écroulement,
La main des forts tenace et lente
A miné le vieux monument.

Se dilatant comme la flamme
D'un inextinguible volcan,
La science arrache les âmes
Au fantôme du Vatican.

D'un Dieu qui toujours se dérobe,
Sans le nier ni l'affirmer,
Clémente, elle affranchit le globe.
L'humanité va désarmer.

Car toutes les guerres du monde
Qui mirent les peuples en feu,

Naquirent de l'erreur profonde
Qu'il faut croire aux élus de Dieu ;

Qu'il faut ramper sous qui s'adjuge
La fatidique autorité,
Et que prêtres et rois, pour juge
Ont la seule divinité.

L'Inconnu, l'Obscur, l'Improuvable,
Qui jamais ne se révéla,
Fut la trinité lamentable
A qui la terre s'immola !

L'homme a brisé sa dépendance,
Dans tous les mythes il veut voir ;
Il ne croit plus qu'à l'évidence
Du Doute, père du Savoir.

Dans cette âpre et suprême étude
Gît mon cœur consolé par toi ;
Je t'aime avec la certitude
Que tu confesseras ma foi. »

— Il n'est plus ; sur sa sépulture
Son nom obscur n'est pas écrit ;
Mais son ombre apaisée est sûre
·De renaître dans mon esprit.

C'est lui qui, rompant les entraves
Dont on garrotta mes penchants,
Affranchit les notes esclaves
Qui vibraient dans mes premiers chants ;

Lui qui me dit : « Sois l'Amazone
Dédaigneuse des coups mortels,
La sibylle dont la voix tonne
Lorsque tombent les faux autels ;

« Une des grandes Inspirées
Dont l'humanité suit les pas,
Et qui, du triomphe assurées,
Souffrent, mais ne faiblissent pas.

« L'insulte et le mépris du monde
Précipitent leurs cœurs vaillants
A l'assaut de l'erreur qui gronde
Sur le front calme des voyants.

« Marche donc! démasque et terrasse
Le mensonge et l'absurdité,
Et si l'on rit de ton audace,
Réponds : « Je suis la Vérité. »

— Cette voix qui des nécropoles
Monte dans les airs frémissants,
Par ses radieuses paroles
A mon esprit soumet mes sens.

« Oh! » diront les railleurs sceptiques
(Sans doute il en est parmi vous?),
« Les femmes ne sont ascétiques
« Qu'à défaut de plaisirs plus doux ! »

Eh bien, non ! — Sans qu'on m'humilie
Du mot sinistre : «il est trop tard !»

J'ai compris l'horreur de la lie
Qui se cache au fond du nectar.

Parfois me souriant encore
Comme on sourit à ce qui plaît
On murmure : « Elle a le reflet
De son éblouissante aurore. »

Dans ces bosquets riants et frais,
Pensive et le front qui s'incline,
J'entends sitôt que j'apparais
Un vieux faune à joyeuse mine

Qui dit : « Je la convoiterais
Sans sa fierté qui me domine. »
L'esprit du vieux faune devine
Que de lui je me moquerais.

L'amour c'est l'aube enchanteresse
Fleur de l'âme et de la beauté !
Vénus, pour en rester Déesse,
Eut l'éternelle puberté.

Le désir qui brûle et persiste
Sans ternir l'incarnat du teint;
L'œil qu'aucune larme n'attriste ;
Le sourire que rien n'éteint;

La chevelure ample et dorée,
Voile de deux seins éclatants,
Qui sans s'être décolorée
Fouette le front blanchi du Temps.

Le tressaillement invincible
Appelant les bras enlacés ;
L'oubli divin de l'Insensible,
Pour ceux que ses flancs ont pressés ;

La lèvre qu'attire et qu'abreuve
La diversité des nectars,
Et l'âme, qui d'Adonis veuve,
S'enivre des baisers de Mars.

Point de deuil, point de lassitude,
L'ardeur des heureux et des forts ;
L'olympienne quiétude ;
L'immortelle fraîcheur du corps.

De cette complète Aphrodite
La femme est le rayon d'un jour,
A son déclin est interdite
La coupe impure de l'amour.

A l'homme elle laisse l'ivresse
Des monstrueuses voluptés,
Satyre, il rêve en sa vieillesse
Les attributs des déités.

Il prend sa dernière étincelle
Pour une immuable chaleur,
Et spectre, il souille une pucelle,
Comme la chenille une fleur.

Il ne sent pas l'horreur profonde
Qu'inspire sa caducité.

Amant, un vieillard est immonde ;
Père, il est cher et respecté.

— « Pour tromper les heures amères,
Me dit-on, l'amour seul est doux !
Sans amour comment vivez-vous ? »
Je réponds : J'ai l'amour des mères.

J'ai l'éclat de ma belle enfant
Qui rayonne et me continue,
Et qui, déjà mère ingénue,
Contre l'abandon me défend.

Je me recueille et la contemple,
Ses deux nouveau-nés dans les bras :
Je la bénis, et ne veux pas
Porter de faux dieux dans son temple.

Si, quelqu'envieux me meurtrit,
Je lave en riant ma blessure
Aux eaux salubres de l'esprit :
Je m'ébats avec la nature.

Parmi les grands bois frémissants,
Aux coups de l'orage qui vibre,
J'erre, et comme eux, altière et libre,
J'écoute leurs mâles accents.

Je m'assieds sur les hautes cimes
Qui touchent aux cieux étoilés ;
J'explore à travers les abîmes
La grâce des sentiers voilés ;

Les sources dormant dans les mousses,
Les fleurs qu'on n'aspirera pas,
Suavités chastes et douces
Dont le souffle embaume mes pas.

Sortant plus vivace des herbes,
Je remonte aux horizons clairs
Où flottent les pourpres superbes
Du soleil couchant sur les mers.

Mer du Nord! et mer de Sicile!
Flots verts! flots bleus éblouissants!
De quelle volupté tranquille
Vous avez pénétré mes sens!

Même aux heures de la tempête,
Quand le souvenir m'embrasait,
Lançant vos ondes sur ma tête,
Votre grand souffle m'apaisait.

Ainsi que les caresses pures
D'un amour puissant et vainqueur,
Il rafraîchissait les blessures
Brûlantes encor dans mon cœur!

Je goûtais l'extase immobile
Qui dompte nos lâches tourments
Sitôt que l'être s'assimile
A la force des éléments;

Sitôt que brisant les tutelles
De son néant qui l'asservit,

Épris des choses immortelles,
Il plane dans ce qui survit!

Dans l'éther et dans la lumière,
Sur l'Océan et sur l'Etna,
Rejoignant l'essence première
Dont son orgueil le détourna,

Pour mère, il reconnaît Cybèle,
Sévère et riante à la fois,
Qui toujours jeune, ardente et belle,
Dissout nos corps flétris et froids.

Les recréant forts et suaves,
En rocs géants, en bois fleuris,
En fleuves, en fougueuses laves,
Où se raniment nos esprits,

Elle tire des sépultures
La vie et la fécondité;
Des plus hideuses pourritures,
La floraison et la beauté.

A l'amour de son sein immense,
Livrons nos restes palpitants;
Tout finit, mais tout recommence,
La nature se rit du temps.

Elle venge son hécatombe,
Ravive ce qu'il a terni,
Et, par elle, tout ce qui tombe
Se relève dans l'Infini.

LA VOIX DU TIBRE.

SATIRE.

Citta non cittadini
ALFIERI.

J'allais du Transtevère au temple de Vesta;
Du pont Palatinus le tableau m'arrêta;
Puis, montant l'Aventin, je fis une autre halte
A l'ancien Prieuré des chevaliers de Malte;
Dans le petit jardin on me laissa m'asseoir.
Rome s'enveloppait de la brume du soir;
Sous mes pieds je voyais le Tibre lent et jaune
Traverser tristement la plaine monotone,
Et, témoin sépulcral des siècles écoulés,
Comme un terne linceul traîner ses flots troublés.
De tant de morts fameux, survivant taciturne,
Il murmurait, sinistre, en sa fuite nocturne :

« Assez de cendre humaine a grossi mon limon
Pour le pétrifier et pour en faire un mont.
Dans mon lit profané, tombeau de l'ancien monde,
Aucun tressaillement n'agite plus mon onde
Lasse de voir tomber, lasse de voir mourir;
Lorsque Rome périt, j'aurais dû me tarir.

« Je fus le fleuve roi; fier du génie antique,
Dont brilla sur mes bords la grandeur homérique.
Dans ses flancs immortels contenant l'infini
Devant moi l'esprit grec à Rome s'est uni.

Rayon olympien de la beauté divine
Il mêla sa splendeur à la force latine,
Et l'accomplissement du radieux hymen
Répandit sur la terre un nouveau souffle humain.

« J'en ai bondi d'orgueil ; en s'incarnant dans Rome,
Ce souffle à la hauteur des dieux fit monter l'homme ;
Il éclata superbe en triomphes divers :
Aux armes des héros il livrait l'univers,
Il vibrait triomphant dans la langue inspirée
Qui morte reste encor langue mère et sacrée ;
Il tonnait dans la voix des libres orateurs,
Aux artistes versait des ferments créateurs,
Donnait une âme aux chants, aux fresques, aux statues...
Les vestales semblaient s'en être revêtues :
Les poëtes planaient sur son aile, épendant
Ses fécondes lueurs sur l'obscur Occident ;
On le sentait frémir dans la mâle sagesse
Que les fiers stoïciens prêchaient à la jeunesse ;
Dans les historiens, souverains éternels,
Jugeant et flagellant tous les Césars mortels.

« A travers les forums aux blanches colonnades,
Les temples, les palais, les profondes arcades
Des cirques lumineux ; les thermes, les remparts,
Les portiques, ceignant les monuments épars,
Les lignes d'aqueducs qui sillonnaient les plaines
Et des sources des monts remplissaient les fontaines ;
Les chemins couronnés par les arcs triomphaux,
La grande voie Appienne étalant ses tombeaux ;
Les chars retentissants, les trirèmes de guerre
Portant les légions qui conquéraient la terre.

Jusque dans la beauté des visages romains,
Dont le type attestait des êtres plus qu'humains ;
Jusque dans l'attitude et le dernier sourire
Des gladiateurs morts en défiant l'Empire,
Palpitait fièrement ce souffle de l'esprit.
Le jour qu'il s'est éteint le monde s'amoindrit.
L'humble chrétien n'eut plus l'essor large et sublime
Du glorieux païen qui prêtait même au crime
Quelque chose d'altier et de démesuré !
Le bien comme le mal s'affaissa par degré.

« Certes, le monde antique avait des taches noires ;
Ses forfaits inouïs faisaient ombre à ses gloires,
Mais il donnait à l'homme un niveau colossal
Qu'a dissous pour jamais le joug sacerdotal.
Sous l'empire des lois que l'on proclame saintes,
Les crimes sont restés, les splendeurs sont éteintes,
Depuis qu'ils ont régné, les pontifes romains
Ont si bien pollué leur mère de leurs mains,
Courbant, pillant, vendant cette Rome immortelle,
Qu'ils m'ont rendu honteux de ce qui survit d'elle !

« N'est-ce pas un spectacle à navrer la raison,
Qu'un peuple qui pour code unique a l'oraison
Et pour rois éternels les exploiteurs d'un culte ;
Tartuffes endurcis par la débauche occulte,
Niant et desséchant l'amour, séve des cœurs ;
Avilissant la chair sans en être vainqueurs,
Et des vices païens doublant la frénésie
Par ce vice nouveau qu'on nomme hypocrisie ?
« Voyez ! ils ont peuplé de moines fainéants
La cité de la gloire et des exploits géants.

De l'héroïsme antique ils ont brisé la fibre :
Rome semble ignorer que l'Italie est libre ;
Non contents de souiller les instincts du bonheur,
Par l'effroi de la mort ils ont glacé l'honneur.
Pour mieux s'assimiler une plèbe flétrie
En elle ils ont tué l'amour de la patrie,
Foyer où s'enflammaient les publiques vertus
Des Gracchus, des Scipions, des Catons, des Brutus ;
L'abjecte oisiveté, la couarde mollesse,
Remplacent dans les cœurs cette mâle tendresse,
Et du vieux sang romain stérile, abâtardi,
Ne sort plus rien de beau, d'honnête et de hardi.

« Tout est cendre dans l'art comme dans la morale :
Ils ont tari les flots de la source idéale.
Ce que la Renaissance en fit jaillir de grand
S'efface ou dépérit sous ce fangeux courant.
On les voit tour à tour barbares et grotesques
Masquer de badigeon les marbres et les fresques.
Au premier art chrétien ils ont même insulté (1) ;
Mais leur haine éternelle est pour l'Antiquité.
Voyant que derechef l'humanité s'éclaire
Avec ce fier esprit, vainqueur de leur colère,
Ils s'acharnent sans trêve au superbe ennemi.
Hier, sur le bon plaisir d'un prince Massimi,

---

(1) Les vieilles basiliques de Rome : *Sainte-Agnès, Sainte-Marie in Transtévère, Saint-Laurent-hors-les-murs*, ont été entièrement dégradées sous prétexte de restauration ; marbres, mosaïques et fresques, rien n'a été respecté à l'intérieur. Au dehors, un affreux badigeon rose ou jaune recouvre les murs. La réparation des églises et des monuments antiques est confiée à Rome aux plus infimes artistes protégés par la *Compania di Gesù*, qui, en toute chose, dirige aujourd'hui la cour papale.

Ils ont de Tullius anéanti l'Aggère (1),
Comme auraient fait Guiscard et sa horde étrangère (2).

(1) Les travaux d'agrandissement de la gare des chemins de fer romains, construite en face des *Thermes de Dioclétien*, ont fait découvrir (à gauche de la gare) l'Aggère de *Servius Tullius*, un des monuments les plus précieux de l'antique Rome; il eût suffi, pour le respecter, d'empiéter à droite sur le misérable jardin potager du palais du prince Massimi. Le prince, qui fait vendre ses légumes sur les marchés de Rome, protesta et en appela au Pape de son *droit divin de propriété!* Le Pape décida, de par son autorité indiscutable, que mieux valait saccager un monument païen que les carottes et les brocolis du prince Massimi. Les démolisseurs se mirent à l'œuvre et la destruction de l'*Aggère de Servius Tullius* s'accomplit.

Voici un autre exemple du vandalisme catholique : Le couvent des *frères passionnistes* s'élève sur le *Cœlius*, au-dessus des ruines du portique du *Vivarium* antique. Un escalier, partant de ce portique, aboutissait aux souterrains du *Vivarium*, qui correspondaient avec le Colysée. C'est dans ces souterrains qu'on enfermait les bêtes destinées aux jeux du cirque. Lorsque j'allai à Rome, en 1861, l'escalier était encore praticable. Je voulus, en 1865, revoir le *Vivarium* : mais le frère gardien du couvent me dit qu'on ne pouvait plus y descendre parce qu'on en avait extrait des marbres, que des ouvriers taillaient en ce moment pour en décorer une chapelle. L'escalier avait été saccagé, l'entrée du souterrain comblée. C'est ainsi que la destruction des monuments antiques s'opère impunément à Rome. Les fouilles y ont toujours été faites avec une incurie et une ignorance qu'on pourrait appeler brutales et sacriléges. On a éventré les chambres de la *Maison d'or* de Néron et du *Palais des Césars* pour en retirer les statues précieuses ; puis on y a rejeté les détritus, sans se préoccuper de mettre à découver les ruines et le plan de ces édifices. M. Rosa (descendant de Salvator Rosa) est le seul grand archéologue que Rome ait produit ; il a exhumé la partie la plus importante du *Palais des Césars*, que recouvraient autrefois les jardins Farnèse, et qui appartient aujourd'hui au gouvernement français. Si l'on pouvait exproprier un couvent de nonnes, voisin, et obtenir du Pape qu'il laissât déblayer et fouiller les deux angles du Palatin qui lui appartiennent encore, on arriverait à faire complétement surgir de terre un plan en relief de toute la demeure impériale, sans compter les grands fragments d'architecture, les statues et les marbres d'ornementation. M. Rosa seul serait capable, sous un gouvernement libre, de mener à bonne fin cette œuvre grandiose.

(2) Robert Guiscard fut appelé à Rome par Grégoire VII, assiégé

« Eh ! par quels monuments vous ont-ils remplacés,
O purs chefs-d'œuvre grecs par leurs mains renversés !
Saint-Pierre ! un grand bazar à la splendeur vulgaire ;
Saint-Paul ! se pavanant comme un débarcadère ;
Le *Gesù* (1) chargé d'or, révoltant le regard,
Comme une courtisane au luxe de hasard ;
L'hospice Saint-Michel ! une immense masure,
Renfermant les bâtards qu'engendre leur luxure (2).

« De l'ignare et du laid le stigmate irritant
Marque chaque maison, atteint chaque habitant ;
Sur Rome et les Romains la lèpre monastique
D'âge en âge incrusta sa hideur endémique.
Au lieu des longs péplums, aux plis harmonieux,
Que Phidias drapait sur la taille des Dieux,
De sales oripeaux vendus aux friperies
De tous ces corps chétifs recouvrent les scories.
Le salubre Gymnase au peuple est interdit ;
Les Thermes ont été déclarés lieu maudit ;
Papes et cardinaux sous la pourpre et l'hermine
Dissimulent leur crasse et cachent leur vermine ;
Leur règne a fait de Rome un immense *Ghetto*.

dans le fort Saint-Ange. Pour délivrer cet Hildebrand traité de
grand et de saint, il saccagea Rome ; il brisa et incendia les monuments antiques qui s'étendaient depuis Saint-Jean de Latran jusqu'au Capitole. Ce stupide vainqueur ravagea l'Italie entière et se
tailla un royaume dans la grande Grèce et dans la Sicile. Fi ! de ce
barbare du Nord qui, pour châtier les Sarrasins, détruisit Pœstum,
et qui, pour défendre le Pape, brûla le Forum romain.

(1) L'église *del Gesù*, à Rome, est un des scandales des révérends
pères jésuites : elle atteste à la fois leurs immenses richesses et leur
génie de saltimbanques.

(2) L'hospice Saint-Michel fut construit pour y renfermer les en-
fants trouvés, innombrables dans cette ville de célibataires et de
moines.

Protester ne se peut, même au *Campo-santo ;*
Comme la vie, ils ont voulu la mort muette (1) ;
Où donc est le héros, l'orateur, le poëte
Attestant dans ces murs que Rome vit encor ?
Le Forum des tribuns n'est plus qu'un vil décor
Où l'on entend, au lieu de l'éloquence antique,
Des moines bredouillant un latin d'Encyclique.
Rome ! mieux vaut pour toi l'inanité des morts ;
Je suis humilié de te voir sur mes bords,
Cadavre fastueux, dissous-toi dans ta bière,
Et que mon dernier flot soit bu par ta poussière. »

— Une voix répondit au vieux Tibre irrité :
« Silence ! écoute ! entends !! voici la liberté... !

    Écrit à Rome, en janvier 1864.

ENVOI

A GARIBALDI.

Vingt ans d'âpres combats ! d'espoir, d'inquiétude,
Vingt ans d'efforts brisés !... oh ! qu'elle est lente et rude
Ta marche de héros menant la Liberté !...
Hier, l'entendant venir, le Tibre a palpité ;
Tes frères les Romains, géants de Tite-Live,
Dressés sur leurs tombeaux se disaient : « Elle arrive !...
« Fière, pauvre, pieds nus, méprisant le butin !
« Nous te reconnaissons à ton regard hautain,

(1) A Rome, les épitaphes qu'on met sur les tombes sont soumises
à la Censure.

« Austère Liberté que nous avons fondée!
« L'imposture par toi sera dépossédée. »
Ces fiers ressuscités, radieux, t'acclamant,
Projetaient sur ta tête un long rayonnement;
Ton œil calme embrassait déjà les sept collines,
Ton souffle ranimait le forum en ruines,
Et sur la ville morte où tu posais la main,
Tu croyais voir planer l'héroïsme romain.

Vision d'un grand cœur qui ne saurait comprendre
Qu'un peuple ne soit plus que pourriture et cendre,
Larve sourde à ta voix qui sonna son réveil,
Préférant à la vie un immonde sommeil.

Subir de l'étranger . . . .
. . . .

Rome accepte en forçat l'indélébile affront
Dont cette lâcheté stigmatise son front.

Les plus jeunes, dit-on, de la race avilie,
Lorsqu'ils virent tomber leurs frères d'Italie,
De tous ces morts altiers, qu'on aurait dit vainqueurs,
Sentirent que le sang s'infiltrait dans leurs cœurs.
Ils rougirent de Rome et maudirent leurs pères ;
Et lionceaux, honteux de leurs couards repaires,
Quittèrent pour l'exil l'infamante cité,
Jurant de n'y rentrer qu'avec la Liberté.

Ils reviendront..... L'Idée, invincible guerrière,
Ne s'est jamais soumise à marcher en arrière ;
Elle poursuit l'assaut que la force interrompt;
Les jougs les plus ardus, c'est l'esprit qui les rompt;

Écoute ! l'esprit tonne avec des clameurs sombres !
Des despotismes morts, il refoule les ombres
Sur les dogmes détruits qui le traquent encor,
L'invincible Titan affermit son essor !
Et certain du triomphe, en tous lieux se prépare
A sonner hardiment sa suprême fanfare.

Espère donc, martyr que le mensonge abat,
La victoire est promise à ton dernier combat,
L'Esprit, verbe du Vrai qui seul affranchit l'homme,
Vengera ta défaite et te livrera Rome !

Juin 1868,

AUX PRINCES ROMAINS.

Ricchi patrizi, e più che ricchi stolti.
ALFIERI.

Pasquino disait vrai! reniant vos ancêtres,
O Romains avilis, vous êtes fils de prêtres!
Et le mélange abject de votre sang bâtard
D'un peuple de héros fit un peuple couard.
En vain, pour vous laver de votre flétrissure,
Vint à vous, radieuse et touchante figure,
Un homme, tel qu'au temps des vainqueurs d'Annibal,
Rome que vous souillez n'en a pas vu d'égal!
L'âme antique était morte en votre race immonde.
Vous êtes le rebut et la rougeur du monde.
Infâmes pourvoyeurs des lits de cardinaux,
De votre chaîne, allons! resserrez les anneaux,
Et restez à jamais, lâche troupeau d'esclaves,
Eunuques et laquais des élus des conclaves.

MENTANA.

Oh ! la lâche hécatombe ! oh ! la sombre tuerie !
Beaux, jeunes, éperdus d'amour pour la patrie,
Fougueux conscrits, rêvant de combats corps à corps
Où vainqueurs et vaincus reconnaissent leurs morts ;
Ils sont tombés, broyés par l'aveugle mitraille
Qui d'un cratère en feu fait un champ de bataille.

De ce lugubre exploit la France a tressailli ;
Leur chair, cible d'essai du joyeux de Failly,
Attesta par le nombre et l'horreur des blessures
Le merveilleux effet d'armes promptes et sûres.

Niel a dit, empruntant une image aux amours,
Que leur ressort jouait doux comme du velours.

Et le pape a béni la sinistre victoire,
Buvant le sang d'un peuple en son divin ciboire.

L'INCRÉDULE.

A LOUIS JOURDAN.

Quand nous détrônons les miracles,
Dieu lui-même est dépossédé;
Car en dehors des faux oracles
Son dogme ne s'est point fondé.

De l'énigme mystérieuse
La science cherche anxieuse
D'âge en âge le mot perdu;
Vain labeur! rien n'a répondu.

Impossible que l'homme atteigne
Cet infranchissable horizon,
Et le : « Que sais-je? » de Montaigne
Est le seul cri de la raison.

Que faire? enclos dans l'ombre noire
Qu'aucun rayon n'a pu percer,
Aux thaumaturges faut-il croire?
Non, non, il faut les terrasser.

L'âme humaine devient majeure,
Elle ne veut plus de tuteurs,
Et virile elle a sonné l'heure
De la chute des imposteurs.

L'heure où l'homme, martyr austère,
N'adorant que la Vérité,
Stoïque, accepte de la terre
Les douleurs et l'obscurité,

Où sans défaillance il dénombre
Les vains efforts de ses aïeux
Et persiste en leur travail sombre
Sans espoir d'entr'ouvrir les cieux.

Sa libre croyance reflète
Toutes les vertus qu'on prêta
A la Divinité muette
Qui loin d'elle le rejeta.

Seul à seul avec la nature,
Sa conscience est son soutien ;
Il vit, il souffre... et se rassure
N'ayant jamais fait que le bien.

Il meurt ; plus voyant, plus sincère
Que tous ces trafiquants de dieux
Qui voudraient broyer sous leur serre
Cet incrédule radieux.

Septembre 1868.

L'AME UNIVERSELLE.

A ***

Comme la nue éclate et fond
Alors que l'éclair étincelle,
Du feu que votre esprit recèle
Jaillit un jour ce mot profond :
« Vivons de l'âme universelle ! »

Scrutons tout, pour tout percevoir
Brisons les voiles de l'enfance ;
Le mal est fils de l'ignorance,
L'être moral a pour devoir
D'aller jusqu'au fond du savoir.

Explorons, penseurs énergiques,
Le chaos des siècles passés :
Les gisements géologiques
Et les décombres entassés
Que l'homme en sa marche a laissés.

Interrogeons ce qui subsiste
De la grandeur des peuples morts ;
Cette étude sévère et triste
Brise l'orgueil de nos efforts,
C'est le pain qui convient aux forts.

Pain salubre dont s'alimente
La mansuétude des bons.
A l'humanité plus clémente
Ces gouffres où nous nous perdons
Inspirent pitiés et pardons.

La foi des arcanes terribles,
Que les temps nous ont dévoilés,
Tombe à côté des vieilles bibles ;
Les dieux vengeurs sont exilés,
Et les noirs enfers dépeuplés.

« Que reste-t-il pour vous conduire ?... »
Vont s'écriant prêtres et rois
Qui n'ont régné que pour détruire
Et qui cherchent comme autrefois
Des muets dont ils sont la voix.

« L'âme universelle nous reste,
Répond la mâle humanité ;
Contre vous cette âme proteste
Et brise votre iniquité.
Le monde est libre ! il a douté !

Las de croire et d'être victime
Il a douté de tous vos dieux ;
Complices éternels du crime
Formant des pactes odieux
Avec les méchants radieux.

Ce hardi pionnier, le Doute,
Dans les nuits que vous entassiez

Creuse une lumineuse route :
Il vous fait crouler à ses pieds
Démasqués, tremblants, châtiés.

Le Doute enfante l'espérance,
L'ardeur, l'assaut de l'infini ;
Il détrône l'intolérance ;
Si les faux croyants l'ont banni
Les cœurs sincères l'ont béni.

Il aiguillonnne les sciences :
Il en est l'audace et l'éclat ;
Il épure les consciences
Qu'enflamme son apostolat.
— Il rit quand Rome le combat.

Fier vainqueur, sur la terre entière,
Il pourchasse le dogme enfui,
La logique est son ferme appui,
La raison sa compagne altière,
L'âme universelle est en lui.

Paris. — Imprimerie A. PARENT, rue Monsieur-le-Prince 31.

www.ingramcontent.com/pod-product-compliance
Lightning Source LLC
Chambersburg PA
CBHW060818180626
46818CB00002B/860